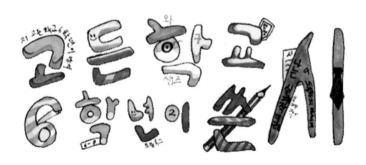

잼민이의 최후의 발악
(부제: 고든학교 6학년이 쓴 시)

발 행 | 2022년 12월 15일
저 자 | 김지현 선생님과 감사행성5기
펴낸이 | 한건희
펴낸곳 | 주식회사 부크크
출판사등록 | 2014.07.15.(제2014-16호)
주 소 | 서울특별시 금천구 가산디지털1로 119 SK트윈타워 A동 305호
전 화 | 1670-8316
이메일 | info@bookk.co.kr

ISBN | 979-11-410-0689-1

www.bookk.co.kr

제 잼인이

이ㅁ 니래ㅇ 고오 ㅋㅋㅋ

에 쩔 팁

나 고등학교

6 학년이 거든

까불지 마

CONTENT

"인생에서 가장 중요한 일은 자신에게 주어진 길을 한결같이 똑바로 걷고 타인과 비교하지 않는 것이다."　　　　　－헤르만 헤세－

이 책은 감사행성 5기 6학년 친구들과 힘을 합쳐 만든 책입니다. 책을 읽을 때는 주의할 점이 있습니다.
훌륭한 어린이 작가들이 쓴 이 책을 읽을 때는 사랑의 눈으로 읽어야 한다는 겁니다. 그 말을 좀 더 자세히 해보겠습니다. 이 글의 맨 위에 있는 글을 다시 한 번 읽어보세요. 타인과의 비교만큼 사람을 힘들게 하는 것은 없습니다. 타인과 비교하지 않고 자신의 삶을 충실히, 책임을 다하며 사는 것. 우리가 삶을 살아갈 때 꼭 기억해야 할 지혜이기도 합니다.

이 책은 총 4개의 챕터로 이루어져 있습니다.
1장 《우리가 처음 만난 날》은 감사행성에 처음 들어왔을 때의 설렘, 걱정, 두려움 그리고 봄의 풍경을 담은 시로 이루어져 있습니다.
2장은 《나의 친구들》은 녹을 듯이 뜨거운 여름의 풍경들과 우리 반 친구들 사이에 피어나는 우정에 관한 시를 담았습니다.
3장은 《우리를 채우는 것》은 낙엽이 지는 가을의 쓸쓸함과 가을을 아름답게 수 놓았던 우리들의 경험을 쓴 시를 넣었습니다.
4장은 《고든학교 6학년이 쓴 시》는 우리의 마지막을 정리하며 쓴 시를 담았습니다. 끝이라는 슬픔과 새로운 시작에 대한 기대감. 그동안 친구들과 함께해서 행복했던 기억과 추억을 돌아보았습니다.

아이들이 삶을 살면서 힘들 때, 추억하고 싶을 때, 웃고 싶을 때 다시 이 글을 펼쳐 읽으며 힘을 얻었으면 좋겠습니다.

제1장 봄,

우리가 처음 만난 날

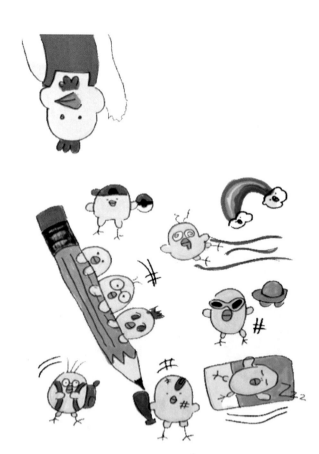

첫 인 상

-강은찬

오늘은 6학년의 첫날이다.

세 보이는 친구들이 보인다
사이가 안좋을것 같은 친구도 보인다.
같은 반 이였던 친구도 보인다
앞으로 잘 지내보자!

걱정
이넷

첫날

최정민

그림 이유리

오늘은

6학년 1학기

첫날이다

학교를

도착한 후

친구들은 서먹거렸다

나도 서먹거렸다

내가 용기를 내서

처음 보는 친구한테

말을 걸었다

"안녕?"

개학

박휘건

지금 몇시?
학교갈시간
지금 몇시?
시9이입오분!
다시 한번?
십오오 분
나는 먹이를 쫓아가는
맹수로 변하였다

봄비

허규리

수업을 하다가 갑자기
하늘이 어둑어둑
마치 중학생이 된 느낌...

어느새 새벽 같은 오늘
~~하늘이 새벽이 되었다~~
밖에 나가니 그닥 춥진 않다
봄 손님이 오셨나보네
어서오세요 ~ "

3월은 검은색

이수빈

시골 벅적
아이들의 개학은 노란색.

길가에 핀 예쁜 벚꽃은 분홍색.

3월달
시험기간은 빨간색.

이 모든 색을 합쳐서 검은색.

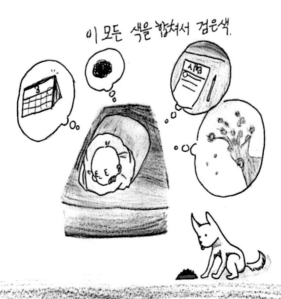

〈 봄 〉

김채빈

봄이 오나보다
나무에서 팝콘이 내려온다
파파팡!
봄이 왔나보다.

살랑 살랑
바람이 부는 소리.
정말 봄이 왔나보다.

첫 날

최민서

오늘은 6학년 1학기가 시작되는 날이다
등교를 하면서 어떤 선생님 일까?
내가 아는 친구들은 많을까?
나는 계단을 올라가는데 심장이
콩닥콩닥 거렸다. 반에 들어가서 내 책상을
찾고 자리에 앉아서 책 정리를
하고 재소개를 한고 친구들과 말도
하고 그렇게 한고 첫날이 끝났다

3월

벚꽃

최승현

하늘에서 뭐가 내리는
걸까? 하얀색 물체
팝콘인가 나비인가~ 아니네
팝콘 같은 벚꽃잎이네

공포의 망치

황주원

오늘은 반지를 만드는 날이다 뚝딱 뚝딱 만들고 있는데.....
실수로 그만.... 내손을 공포의 망치로 찍어 버렸다

손이 저저릿 저저릿했다 ㄱㄱㄱ

우여곡절 끝에 완성을 했는데..... (?) 너이 거꾸로 찍혔네...
(ㄴ?)
이번 반지 만들기는 대 실패다 으흑!!

DANIEL
윌 레이저임

어린이날 미니올림픽

최민서

기다리던 미니 올림픽을 한 날

처음에는 양궁!
양궁을 던 졌는데...?
실패...

두번째 도전!
두번째 도전은 성공!!

두번째는 탁구!
책... 넘기기...?
뭐... 목 장갑을 끼고
책 넘기기 게임!

팽팽이

농구! 농구는...
신발 던지기...?
신발을 박스에 넣기
결국에는 누가 이겼지...?
즐거웠으면 됐지 뭐

토마토

이유빈

오늘은 토마토를 심었다
토마토가 나오면 어떻게 해서
먹을까? ↓

토..마..도
귀..마..막..아

호로록 토마토 스파게티?
감튀에 찍어먹을 토마토케찹?
꿀꺽 냠냠 토마토 주스?
난 그냥 아무렇게나 먹을래.

얼른 무럭무럭 자라렴서

포켓몬 빵

최윤진

요즘에 유행인

 포켓몬 빵

옛날 마스크 처럼
하늘의 별따기 였던
포켓몬 빵

|CU|
편의점 10군데 돌아다녀도 없던

포켓몬 빵

띠부실 뮤츠 찾으면 50000원
그것땜에 난리인

포켓몬 빵

봄 최정민

그림 이유리

봄은
만물을 깨우는
알람이다

따르릉

따르릉

꽃도

파릇
파릇

깨우고
개구리도
깨우고
얼음도
깨우고

어휴
잘잤다

하이

개미?

쭈욱~

봄

강은찬

겨울이 끝나면 다시 봄이
시작된다..

우리도 겨울이 끝나면 다시 새학기가
시작된다.

새학기를 시작하는 우리의 모습이 봄 같다.

타임머신 타고 연우정

어제가 첫 등교인 줄 알았는데..
타임머신 타고
현재로 왔네

벚꽃

조휘호

벚꽃은 참 예쁘다
자전게 타고 벚꽃 구경하자

친구들이랑 소풍 가고 싶다
벚꽃을 보니 다른 꽃이
생각난다

벚꽃 팝콘과 봄비 콜라

최윤진

벚나무의 팝콘이
매달려 있다
음. 저건 벚꽃처럼 분홍색이니
딸기맛 팝콘인가 보다

벚나무의 팝콘이
매달려 있다
어? 하늘에서 콜라비가
한방울.. 두방울 떨어지기
시작한다
안돼. 벚꽃구경 가야 하는데.

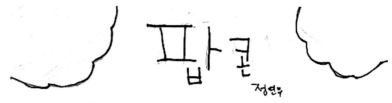

팝콘

정연우

팝콘처럼 벚꽃이
펑펑 퍼트러 진다
팝콘처럼 퍼져
나가듯 기분이 좋다
팝콘은 펑펑
우리들은 하아

나비 시계

-오가은

자기전 알람시계 맞추고

일어나서 시계를 보니 이른시간

아침 바람 쇠러 가보니
아른하게 피고 있는 벚꽃

다시 시계를 보니

붙어있는 나비 한마리

세월호

김보율

8년전   그때 그 사건
세월호

304명이라는 많은
희생자를 남긴
세월호.

많은 희생자 가족의
상처를 남긴
세월호

우리는 아직 기억하고 있습니다
4.16

나

글 외새울

나
나는 뭘까?
사람? 동물? 연예인?
아니 나는 나야

나
나는 뭘까?
괴물? 꽃? AI?
아니 나는 엄마의 소중한 딸

나는 뭘까?
옷걸이? 학생? 그림?
아니 나는 우리 가족에 첫째 딸

제**2**장 여름,

나의 친구들

친구야 친구야

최민서

친구야 친구야
나랑 놀자
친구야 친구야
나랑 시소 타자
친구야 친구야
나랑 그네타자
친구야 친구야
나랑 놀아서
고마워

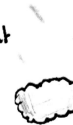

덥 다

김현우

덥다 아무 것도 하기 싫
다 아무것도 안하자만 격하
게 아무것도 하기싫다
헨드폰을 집으러 한다
- 헨드폰 거리가 1 m
내 팔 길이 99cm
그래서 가만히 있는다

OYO NO 부산행?
저기종종관 단백질
살아 움직이는충북?

저기 시체가

여름

신준영

여름이다!
여름이여서 반팔,
반바지를 입고 차를
탔다. 시간이 흐르고
바다가 보였다
나는 본능적으로 수영복을
입고 바다로 뛰어들어
갔다. 노니까 배가
고팠다. 바다에서나와
맛있는 음식을 먹었다.
여름이였다.

한여름 밤

이유나

한여름 밤의 소리와 냄새는 신기하다.
매미소리와 개구리소리 그리고 바람소리까지
밤의 냄새는 공허한 느낌 뭔가 많이 비워지는
한편 시골에서는 풀소리도 들려 정말 깐깐하다.
이 모든 것이 합쳐지면 정말 듣기 좋은 한여름
밤이 된다.

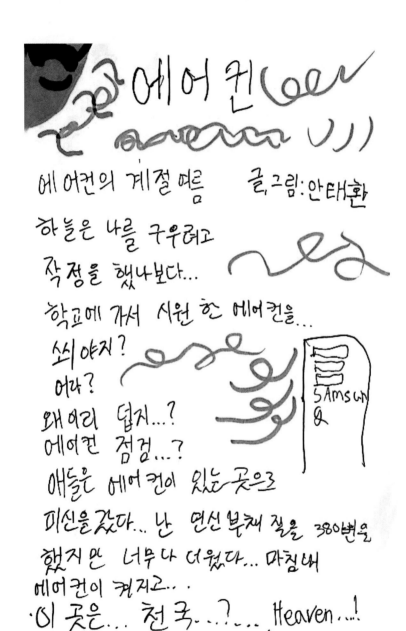

에어컨

에어컨의 계절 여름   글,그림:안태환

하늘은 나를 구우려고
작정을 했나보다...
학교에 가서 시원한 에어컨을...
쇠야지?
어라?
왜 이리 덥지...?
에어컨 점검...?
애들은 에어컨이 있는 곳으로
피신을 갔다... 난 연신 부채질을 380번을
했지만 너무나 더웠다... 마침내
에어컨이 켜지고...
이 곳은... 천국...?... Heaven...!

참돔

글·그림: 안레환

어느 날...
친구가   가방에서
참돔을 꺼냈다....
그 참돔은 필통이었다...
참돔은...
모든 아이들에게...
좋은 사냥 감이 있고...
참돔을 가지고...
놀아 참돔은...
점점... 망가졌다...

여름은 싫다.

황주원

여름은 싫다.
내 생일도 없고

여름은 싫다
덥기만 하고

여름은 좋은게 하나도 없다.

그럼 어떤 계절을 좋아하는데?

나는 겨울 ㅊ!!

진정한 친구

김담희

친구란, 친구란 무엇일까-

너는 친구를 그렇게 생각해?

"야. 나 돈좀 빌려줘라"
아니야

괴롭히는게 친구야?
진정한 친구가 뭔지 알아?

"에이~ 친구니깐 이러는거지~
장난이야~"
아니야

같이 있으면 편안하고
친절하고
행복한게

진정한 친구야.

"야! 나 이것좀 먹고싶은데
니돈으로 사와!"

아니 야

...
그럼 뭔데?

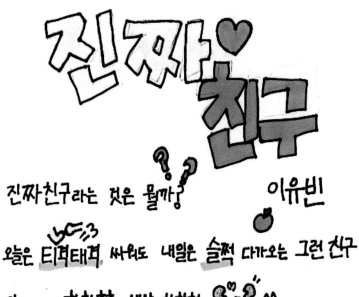

진짜♡친구

진짜친구라는 것은 뭘까?   이유빈

오늘은 티격태격 싸워도 내일은 슬쩍 다가오는 그런 친구

앞에서는 하하호호 세상 친한척
뒤에서는 속닥속닥 나를 몰래 험담하지 않는 그런 친구

나의 단점이 아닌 나의 장점을 찾고
진심으로 나를 생각해주는 그런 친구

그런 친구가 진짜 친구 이다

찐빵

신효정

푹푹 찌는 여름
과연 찐빵도 이런 기분 일까?

더워..

액체 상태

- 이유리 :) -

전자레인지속에
치즈를 넣고 돌리면
고체에서 액체로 변한다.

액체로 변한 치즈는
흘러내리고, 쭈욱 늘어난다.

마치,
8월의 땡볕에도 불구하고
의식이 없는 상태인 에어컨
때문에 30℃가 된 교실속

나처럼.

비

조영재

나는 비 라는 날이 싫다.
비 올 때는 우산을 쓰고 걷는다.
또 우산을 접고 다니면
우 산은 짐이 된다.

가방에 다 묻는 비.

대신 빗소리를 들으면
기분이 좋아진다.

'비도 장점은 있다.'

여름의 소리

김보율

여름에겐 여러가지 소리가 있다

바다가 부르는 소리

매미와 모기의 울음소리

집에서 선풍기 트는 소리

가족이 수박 먹는 소리

이 모든 소리가 합쳐져

여름의 소리가 된다

아이스크림

김채빈

학교 끝나고 집 가는 길
시원한 아이스크림 물고
터덜터덜 걸어간다.

집에 와서도 제일 먼저 찾는 것
`아이스크림`
냉동고를 벌컥 열어
아이스크림 물고
선풍기 바람 받으며
냠.

저녁 먹고도 찾는 것
`아이스크림`
아이스크림은 먹어도 먹어도
질리지 않다.

버물리

글,그림: 이유빈

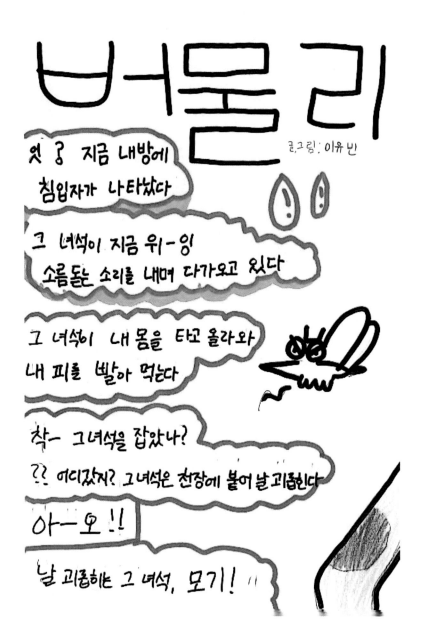

엇? 지금 내방에 침입자가 나타났다

그 녀석이 지금 위-잉 소름돋는 소리를 내며 다가오고 있다

그 녀석이 내 몸을 타고 올라와 내 피를 빨아 먹는다

착~ 그녀석을 잡았나? ?? 어디갔지? 그녀석은 천장에 붙어 날 괴롭힌다

아ー오!!

날 괴롭히는 그 녀석, 모기!

연필

조영재

연필의 사각사각 소리.
연필은 학생들에게
필요한 것.

연필로는 글씨를 쓸 수 있다.
공부시간, 우리들이 조용해지면
연필들이 사각사각
소리를 낸다.

연필이라는 것은
신기하기도 하다.
연필이 머문 자리든
연필의 잉크가
묻어 있다.

우리반 노래자랑

심용섭

(노래방)

(학교끝남)

부러우니까
자랑을하고
자랑을 하니까
부러워지고

부러우니까
자랑을하고
자랑을 하니까
부러워지고

쏟아지는
칭찬 세례

노래방
2주점
뭐지

(노래자랑 할때)

나의 친구   황주원

똑 똑

내 친구 내 친구
문 두드리는 것처럼 똑똑한 내친구

내 친구 내 친구

축구공이 날아가는 것처럼 활발한 내친구

내 친구 내친구

알람 시계처럼 활발한 내친구

내 친구들은 참 다양하다.

색연필처럼

영원히 친구

조취효

친구야 친구야
안녕 친구야

친구야 우리
영원히 친구하자

친구야 우리!
할아버지 아니!

천년? 만년 아니
영원히 친구다가

[시원한 여름]

허주큐

여름이 왔다..
시원한 여름을 위해서는
몇가지가 필요하다.

먼저 에어컨.
차가운 바람을 맞으며
이불에 쏙!

그다음은 아이스크림
한입 남 먹으면
달달하고 시원해서
기분 up!

미역으로 얼음팩
더운 몸에 대면
악! 차가워

시원한 여름준비완료~
그래도 여름은 싫다..

매미와 모기

여름에는 애이 똥 모기
짜증나요 시끄러운 매미 모기   조규표

매미는 맴맴맴 모기는
윙윙윙 윙

짜증나는 매미 모기
매미는 시끄러움

모기는 간지러움

맴맴!!

쇼미더 매미울음

이유리

매앰— 매앰
매앰— 매앰
매애애애앰.....　　아아... 랩에 취한다...

쓰피오— 췩
쓰피오— 췩
쓰피오— 췩
쓰피오— 췩
췩이이이이익.....

7여년 동안 땅속에서
연습을 한 매미들은..

맴앰

아아...
이걸이 진짜
랩이구나

여러 실력자들이
모여 정신 나갈것같은
선율을 선사한다.

아.. 이것이 진짜
『랩』이라는 것인가...

난 왜 안나옴...

나도 매미처럼
『정신나갈 선율』을
선사하고싶다.

(선생님이
쓰라해서씀)

응애 나 래퍼

췩
췩
맴맴

쓰피오

나는 3번자리 참가자
『말매미』를 뽑을것이다...

??

우당탕탕

조휘도

짚라인을 밀어주었다 떨어졌다
우당탕탕 우당탕탕
조휘아가 짚라인을 탄 친구을 밀어주었다
우당탕탕 우당탕탕

과자 먹으로 달려온다
우당탕탕 우당 탕탕

달려오면서 넘어질 뻔했는데 너머졌다
으악 ～～ 으악 ～～～

ZOOM

김현우

줌 정말 짜증난다

하지만 좋다그래도
코로나는 늘다 수업도 못받는다
역시 ZOOM

선생님

배드민턴

아유나

배드민턴 시간이었다.
친구 와 함께 배드민턴을 쳐서
셔틀콕이 여기갔다 저기 갔다 하는 상상을
했지만,

현실은 달랐다.
셔틀콕은 저리 갔다가 "털썩" 떨어지고
저기 갔다가 "털벅" 떨어졌다.

우리는 현실에 좌절했다.
우리는 웃으며 여기 갔다 저기갔다
하지만 계속 털썩 털썩 떨어지는 걸
반복했다.

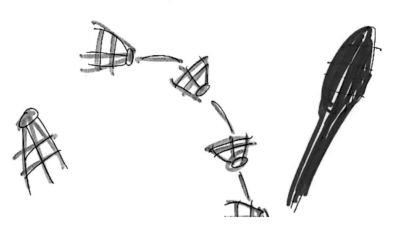

소중한 보물

이유나

우리는 보물이야
누가 보아도 반짝반짝 거리는
우리는 치고 받고 싸워도 소중한
보물이야

누구에게도 소중해야 할
보물들
네가 아무리 검은색이라도
빛나고 있어
우리 모두는 아주 소중한
보물들이야

모기 녀석

최윤진

왜-

여름이왔다.
무서운 그녀석이왔다.
귀에서 알짱거리는 "그녀석"

윙

오H앵

여름이오니
모기도 여름따라 왔나보다

왱

귀에서 계속 윙-윙 왱-왱!?
계속 알짱거린다.

우l잉

불키면 안보이고
불끄면 윙!?윙!

하..이 모기녀석..제발 사라져!?

윙ㅋ

윙윙윙?
(킹받냐?)

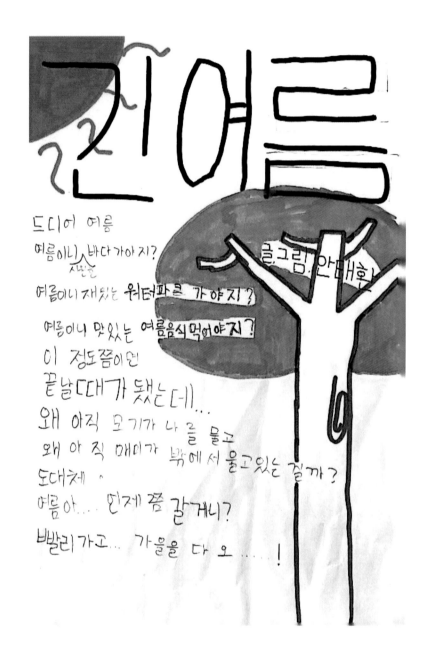

긴여름

드디어 여름
여름이니 바다 가야지?
여름이니 재밌는 워터파크 가야지?
여름이니 맛있는 여름음식 먹어야지?
이 정도쯤이면
끝날때가 됐는데...
왜 아직 모기가 나를 물고
왜 아직 매미가 밖에서 울고있는 걸까?
도대체
여름아... 언제쯤 갈거니?
빨리가고... 가을을 다오....!

글.그림.안태환

PEPE

정한음

체육부서
PEPE
P.E
P.E
PEPE
에서는배드민턴·피구등을했고또하지!

지렁이

신효정

비가 많이 와서
지렁이가 꿈틀꿈틀

내 책상 위에도
지우개 지렁이가

꿈틀 꿈틀
지나가네

친구

정한음

친구
친구는 무엇 일까?

그냥

근처에 있는 사람 일까?
아니 1면

우정 만 있는 친구 일까?
나의 생각
은
근처에 있고
우정도 있는
친구가

진정한 친구 같아

물방울

정한음

땡~!
이라고 무리방에서
울린다.
무슨 소리일까?
물방울이 떨어지는
소리다.
땡~!
땡~!
땡~!
땡~!
물방울이 떨어진다.

학교생활 연우정

수업은 핑☺
친구와 ㅎ
등교는 흑ㅠ

학교는 Hell

빙수집

김담희

띠리링~
어서오세요
냉기가 확!
내 몸을 감싼다.

여기 인절미 빙수하나 주세요
네~
기다리는 동안 창문한번
빈 식탁 한번
슬쩍 봐주고

빙수 나왔습바다~
오나
연유를 좌라라락
숟가락을 휙휙
한입 앙 먹으면
여기는
북극

설찻빙

장마의 장점

토독토독 비가온다
오늘은 파전 먹는 날!
투둑투둑 비가온다
오늘은 파전먹는날!
타닥타닥 비가온다
오늘도 파전먹는날!
비가오지않는다...
오늘은 뭐 먹지?

내친구 시험지인것같네

모기

최정민

그림
이유리

여름에는
나를 짜증 나게 하는

해충이 있다
그건 바로 모기

모기한테 물리면
엄청 간지럽다
모기를 잡을 땐

짝!
박수 쳐서 잡는다

짝!

히히

제3장 가을,
우리를 채우는 것

시

~ 강한산

시는 어떻게 써야 할까
시제는 어떻게 지어야 할까
한참을 고민해 봤지만
알길이 없다
그때 생각이 하나 떠오른다
"지금 내 마음을 쓰면 되지 않을까?"
맞다 그게 바로 시 쓰는 방법이다

체육대회

허즉코

기다리고 기다리던 (체육대회)

두근두근,, 일찍 학교로 Go!

달려퍙

먼저 배구!

달려라 달려라 ~

사진도 찰깍

다음은 "줄넘기"

돌리고 돌리고

펄쩍 펄쩍 점프

마지막으로 제일 기대했던 피구

백팀 이겨라 !! 강

역시 우리 백팀 짱.

608 화팅!

초등 학생의 마지막 체육 대회

김보율

운동회 시작을 알리는 종소리
댕 - 떵 -

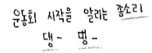

운동장에 나가서 아이들의 함성소리
와 - 아 - 아

그리고 계주를 응원하는 소리
화이팅! - 우리팀! -

줄넘기, 피구가 끝나고 나는 탄식소리
아 - 졌어 ~ 괜찮아 -
그렇게 초등의 마지막운동회가
끝났다! 와!- 짝 - 짝 - 짝

운동회

심윤섭

백팀
계주에서는 BDCt팀
피구에서는 100팀
줄넘기에서는 baaaaack팀

결론적으론
백팀이 이겼으니
100팀

(그림 거나 모르겠네)

우리반 노래 자랑

최승현

노래 자랑이 시작 돼고...
애들이 노래를 불러다
서끄러웠게 만스 재미 있고
신났다 모르는 노래도 있어
지만 조 앉지기 않다가
좋아 졌다 재미있었다

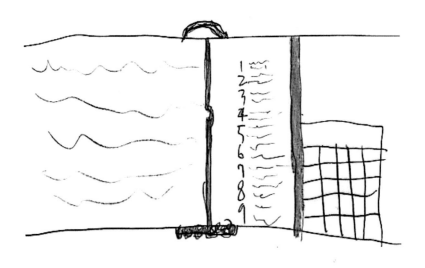

책

조영재

책은 왜 읽는걸까?
지식을 채우기 위해?
아닌 거 같다.

말을 잘 하기 위해?
아닌 거 같다.

내가 아닌 거 같다 해도
어쩌면

내가 말 한 게 책을 읽는
'이유' 일지도 모른 다.

운동회

신효정

두근두근 운동회
기다리고 기다리던 운동회

숨차는 달리기
C피구 와 줄넘기

에런, 이겨 버렸잖아!

운동회

최정민

그림 이유리

계주
줄넘기
피구
계주는이겼다
아슬아슬하게이겼다
줄넘기는
압도적으로 잘하는
팀에게졌다
기분이안좋아졌지만
우리팀이피구는
압도적으로 이겼다
상대팀은청팀
우리팀은백팀
2:1로이겼다

현장체험

김현우

현장체험 학습으로
유적공원에 갔다.
그런데…⁉
휘건이가
콜라를 야무지게
쉐킷했다.
그래서.
콜라는 좋다.

싱큼
한

까

휘건

쉐킷

쉐킷

규칙

연우정

숨쉬면   불법
눈감으면 불법
다리떨면 불법
걸으면 불법

복종만이 살길....

고장난 컴터

김담희

엔트리하러 컴터실에 왔당
"우히히 내가 정복하러 왔닷"
컴퓨터를 딱 켰는뎅
어라라 요거요거 왜이램

?!

교실로 올라가서 노트북을 가져오기로 했다.
에잉! 비번모르는뎅... 다시 내려가서
비번을 머리속에 쑤셔 넣고
다시 올라와 띠딩디딩~ 철컹
노트북을 언능 챙기고 후다닥 내려왔는뎅

?! 누카 노트북을 미리 가져다 뒀다

힘들었던 날

강은찬

우리 모두는 운동회가 끝난뒤
　다리를 절뚝거리며 집을 향해 걸어갔다.
집에 도착해 아픈 다리를 풀어주고
생각한다. 아 이제 햇일 가야돼.

79

목요일

조영재

목요일은 쓰레기를 버리는 날,
쓰레기 버리는 날은
종이류가 많다.

목요일은 내가 학원을 가는 날,
학원 가는 날은
숙제를 해야하는 날,

나는 숙제도 싫고
학원도 싫다.

목요일은 곧 토요일이
된다는 뜻이다.

목요일이 제일 싫다

상 상

박휘건

싸움에는 체력이 중요하다
상대방에 기선을 제압
점프는 높게...
그건 상상일뿐

끼야아

밑장 빼기

박휘건

싸늘하다...
가슴에 엔토리가 날아와 꽂힌다
하지만 걱정마라
손은 눈보다 빠르니까
선생님이 오실때 엄청난 클릭소리
우리반 모범생도 따라하는

클릭소리
타자
클릭클릭 타자
타자클릭 클클 클릭
릭릭
타자 타자 타자

압 도 적

:) 청팀의 압도적 점수

:(1반의 압도적 실력

:'(압도적으로 썩는 우리반의 표정

백팀의 압도적인 실력

청 팀의 압도적인 분위기

나의 초등학교 운동회는 패배

박희진이 있는 반을 이긴적이었다
옛날 부터궁금했는데...

가을

요가은

<u>나뭇잎이 날라가고</u>

점점 갈색, 주황색

노란색

－

<u>바스락 - 바스락</u>

밝을수록 나는

가을의 매력.

오늘의   나

오서율
그림) 윤건

3월의   나
나는   설레는   다음으로
6학년   첫   등교를 한다

6월에   나
친구들과   많이   친해 졌다

9월에   나
오늘도   등교를   한다
힘들다

… (등교

10 오늘의   나
아침에   등교를   하고
친구들과   인사를   한다

가을

김채빈

여름 다음은
　가을.

내 생일도
　가을.

커피로 물들여진
　가을.

창 밖을 보니
단풍잎과 코스모스가
살랑살랑 움직인다

운동회

나는야 꼴등. ◇

여자 계주중에서는 내가 제일
못뛴다.

—

그래도 이기긴 했짜.
웃어야 될지
울어야 될지.

-오개모-

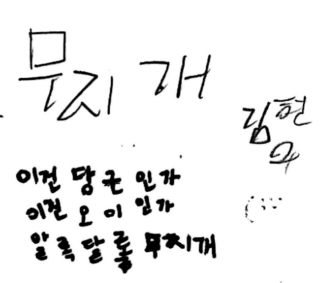

무지개

김현의

이건 당근 인가
이건 오이 인가
알록달록 무지개

1학기에 모든일
여

1학기에는 여러가지 신준영
추억들이 있다. 우리는
다시 해보고 느끼고
기억하고 하고싶
지만 이 일은 1학기
에 끝날것 같다.
반가웠다 추억들아
우리 다시 한번
보고 싶다

제**4**장 겨울,

고든학교 6학년이 쓴 시

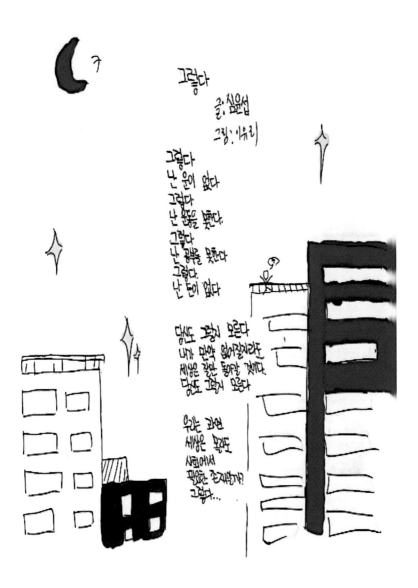

마지막 시

력

김담희

재민

지금 내가 쓰고있는 시가
초등학생 마지막 시라고 한다.

우리도 드디어 초딩 탈출인가
생각이 든다.

시

중학교 가서 이 시를 보면
분명히 얼굴이 빨개질 것이다.

지금 이 시를 쓰고있는 나는
나 자신이 다컸다는 생각이 든다.

대충 그린 게임

졸업 사진

글그림 오서율

철컥-
포즈를 취하고 또
찰칵-
벌써 졸업사진을 찍는다
찰 칵 -

단체 사진도 예쁘게
찰칵-

짝 궁사진도 예쁘게
찰 칵 -

학교

-신준영-

친구들과 첫만남에
나는 몰랐다. 이학교에
서 만난 것이 나를 행복과
추억으로 이끌었던 것을.. 이
모든것은 시간으로 인해 추억
으로 떠나 갔다. 이제 전
에 있었던 일은 언제 나
작별인사를 해야 한다.
안녕! 나의 추억들
안녕! 나의 시간들
안녕! 나의 친구들!

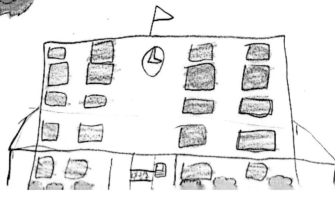

초딩 졸업사진

허주하

어느덧 벌써 졸업사진 찍는날.
나의 건섭은 선생님이다.
숨겨두었던 나의 필사기, 원피스를 꺼내입는 다.

찰칵 찰칵.
포즈와 미소가 어색쿠다,
하하,, 하하하,,,

문득 이런 생각이 들었다.
" 내가 벌써 졸업사진을 찍었다고 ? "
마음만은 1학년 간

겨울방학의 우리

신준영

밖에 나와보니
눈사람이 나에게
인사했다.
겨울방학을 즐겁게
보내려고 온듯하다.
같이 가봤더니
눈이 내리는 날
행복하게했다.
어? 꿈인가?

최승현   겨울

겨울은 춥다
춥다 추위
까재미도 있다
추운 겨울이다

아, 인생

김채빈

후~ 드디어 초등학교 6학년 생활을 마쳤다.
근데?
내년에도 학교를 다녀야 한다.
아, 인생
앞으로도 6년을 더 다녀야한다,
아, 인생,
중학교 가기 싫다
그냥 잠만이 할래,,
타임머신이 있었으면,,

졸업이넹?,

눈 더보니 벌써 11월이 다됐다.

글:황주원 그림:김담희

1월이 되면 쟁민의 생활도 빠이빠이넹...

중학생이 되면 공부도 해야될게 많아지고

중학생이 되면 학원도 많아지고....

마이머신을 타고 과거로 돌아갈래 ～쟁민이 생활땐

쟁민이가 최고임,

K 쟁민

99

빠 르 다.

-이유리

1교도 빠르고   1s

타교도 빠르고

쉬는시간도 빠르고

남자애들 달리기도 빠르다.

물론 시간은 느리지만

핸드폰 할때는 빨라진다.

그리고
말도 빠르다.

세상은 참 빠르다.

그래서 1년도 빠르게 훌쩍
넘어간다.

$$\frac{1}{2}$$

-이유리-

반으로 나뉜 연필꽂이,
반으로 나뉜 각종 음식들,
반으로 나뉜 냉장고,
반으로 나뉜 의견들,
반으로 나뉜 사람들의 마음,

반으로 나뉜게 참 많네.
그래서 그런건가.

대한민국도 반으로
나누어져 있는건가 봐.

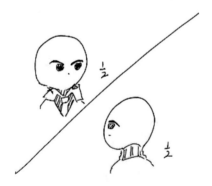

교 실

오서윤
그림 윤건

처음엔　　깨끗한　우리반

활동을　하면서　점점

우리들의　색으로　물들여 한다

그렇게　우리반은　가지각색

으로　변하게 된다

학교 생활

아유나

6학년 학교 생활은
정말 재있다

다양한 친구들이 복도를
뛰어다닌다

나는 그런 친구들을
보면 뱅하지 않다

소나무

이수빈

나는 너에게
따스한 봄이고,
더운 여름이고,
예쁜 가을이고,
추운 겨울이다.

이런 내 옆에 넌
사시사철 한결같은
소나무.

추 억

그림 이유리, 김영희

우리들의 좋았던 추억들이
스쳐 지나갈때

우리의
미니 올림픽
·
체육대회
·
현장체험
·
부서생성
·
노래자랑
·
속에서 있었던 많은
이야기들

이제는 다
추억으로

2022. 1608 노래자랑

2022 / 에버랜드

105

분리수거

이수빈

아무리 버려도 버려도
비오는 날 강물 처럼
불어나는 쓰레기

아무리 버려도 버려도
끝이 없구나 이런
쓰레기

김보롬

졸업... 졸업.. 졸업..

1학년 부터 6학년...

졸업을 하지 않을거라고 생각했는데...
벌써 졸업...

6학년 1학기가 시작되던 첫날
6학년이 마지막 초등학교 생활이라는게
믿기지 않았다..

분명 어제 처음 6학년으로 들어왔던거 같은데..
눈 깜박하니 벌써 졸업을 앞두고 있다...

시간아 멈춰라...
아무리 불러보아도 시간은 들어주지 않는다...

졸업... 졸업...졸업...

내가 1학년 이라니...

와! 졸업한다.
6년 동안 힘들었어..
앞으로
  6년더 고생해야
하지만...
지금을 즐기 자!

글,만: 태환
2빈: 지율리

성적

신효정

전교 1등처럼
수학시험보고

과학자처럼
실험하고

가수처럼
노래부르고

피구왕통키처럼
피구했다

성적 잘 나왔으면...

학교 생활

(글)
오가은
(그림)최윤진

나름 가기 싫어해도

가면 재미있게 노는 학교

어려움이 있었지만, 무사히 마쳐가는

학교생활

―

내년에는 1학년

중학교

졸업

이유빈

나는 대체 언제 졸업해!!
라고 투덜거리던게 어제 같은데
내가 졸업을 한다.

참 다사다난 했던 6학년
어색했던 학교 첫날의 공기,
투닥투닥 서로 치고받고 싸울때,
끄응... 다 같이 시험을 풀때,
달려라 달려~ 체육대회,
찰칵, 졸업사진~

전부다 생생한데!! 내가 졸업이라니!!
졸업하기 싫어!!

방학

심윤섭

겨울 방학

방학이 한 달도 안 된대?
충격적이다
한달은 돼야 방학 아닌가

여름방학이다
좋다
너무 들뜬 나머지
물도 쏟았다
한 달도 안되지만
좋다

괴물

이유빈

우리 반에는 여러 괴물이 산다.
친구와 떠드는 괴물
화장실에서 급똥 싸는 괴물
급히 숙제를 하는 괴물
서로 싸우는 괴물

우리 반에는 서로 성격도 모습도
다른 괴물들이 산다.

괴물들은 자신이 원하는
무엇이든 될 수 있다.

최윤진♡

608 지현쌤의 행복한교실
모두 여러가지 자기만의
색 이 있는 곳
608
608 지현쌤의 행복한교실
선생님은
우리는 빛나는 행성

맺음말

시집을 편집하며 아이들이 썼던 시를 찬찬히 읽어봅니다. 친구들과 수다 떨다가 시간이 부족해서 우당탕탕 쓴 시, 시 쓰는게 어려워서 힘들게 한 글자 한 글자 눌러쓴 시, 빨리 쓰고 쉬고 싶어서 휘갈겨 쓴 시, 온 마음과 정성을 다해 시를 쓰고 그림을 그려 넣은 시. 아이들의 생김새처럼 시의 모양도, 시의 내용도 제각각입니다.

연말에 시집을 편집할 때 쯤이면 해야 할 일이 정말 많습니다. 1년을 정산하고 제출해야 할 온갖 서류들과 들어야 하는 연수들. 그 바쁜 시간을 쪼개어 아이들의 시를 다시 읽고 다듬으며 편집합니다.

누군가는 이렇게 이야기합니다. "그거 바쁘고 힘든데 왜 하는거야?" 이 질문에 웃으며 대답합니다. "나중에 읽어보면 재밌어요. 아이들과 함께 했던 추억도 떠오르고요."

제가 정성스럽게 편집하는 이 짧은 글 속에는 우리가 함께 울고, 웃었던 그때 아이들의 삶이 들어가 있습니다. 함께한 추억이, 그때의 감정이 들어간 이 시집은 그래서 참 소중합니다.

올해는 편집을 더 수월하게 했습니다. 우리반 문집부(칼라부) 친구들이 많이 도와주었기 때문입니다. 칼라부 (김담희, 김보율, 김채빈, 오서율, 최윤진, 이수빈, 이유리) 친구들에게 무한 감사의 말을 전합니다.

감사행성5기 요정들에게

2022년은 카타르 월드컵이라는 전 세계적 이벤트가 열리는 해였습니다. 연말에 우리 친구들도 가족들과 월드컵 경기를 응원하느라 늦게 잠을 자고 학교에서 친구들과 한창 월드컵 이야기를 주고받던 모습이 기억납니다. 우리가 예선전에서 포르투갈과 맞붙었을 때 대다수의 사람들은 16강 진출이 가망이 없다고 이야기하곤 했습니다. 피파 랭킹이 한참 차이가 나는 두 나라의 싸움에서 우리나라의 진출은 한참 어려워 보였죠. 하지만 우리나라 국가 대표팀 선수들이 불가능을 가능이라는 기적으로 만들었습니다. 그 열광의 현장 속에서 여러분들도 분명히 보았지요? 우리에게 중요한 것은 '꺾이지 않는 마음'이라는 것을요.

선생님은 그 무엇보다 이 **'꺾이지 않는 마음'**이 우리가 삶에서 가져가야 할 태도라고 생각합니다. 앞으로 여러분의 앞길에 행복하고 즐거운 일들만 가득하진 않을겁니다. 누군가 이야기했듯이 삶은 희노애락이 모두 담겨 있으니까요. 지금만 하더라도 그렇습니다. 중학교 학원 배정 시험에서 최고반이 못될까 두려워하는 마음, 점점 어려워지고 있는 공부에 대한 걱정, 새로 사귈 친구에 대한 불안감. 등 어려움과 도전해야 할 문제는 계속해서 쌓여갈겁니다. 하지만 다시 한 번 강조하고 싶습니다. 중요한 것은 '꺾이지 않는 마음'이라는걸요. 우리는 넘어져도 훌훌 털고 일어나는 **'알빠? 정신'**이 필요합니다. 여러분이 추구하고 원하는 모든 것을 선생님은 뒤에서 힘껏 응원하겠습니다. 주변 사람들의 말에 휘둘리지 않고 열심히 도전하며 자신의 삶을 채워나가는 멋진 친구들이 되었으면 좋겠습니다.

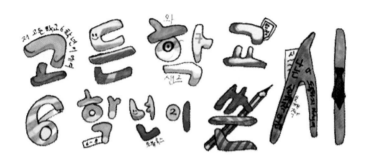